Copyright © 2014 Ana Lasevicius
Ilustrações © 2014 Sônia Magalhães
Copyright © 2014 Autêntica Editora

Todos os direitos reservados pela Autêntica Editora. Nenhuma parte desta publicação poderá ser reproduzida, seja por meios mecânicos, eletrônicos, seja via cópia xerográfica, sem a autorização prévia da Editora.

EDIÇÃO GERAL
Sonia Junqueira

REVISÃO
Eduardo Soares

PROJETO GRÁFICO E DIAGRAMAÇÃO
Christiane Costa

Dados Internacionais de Catalogação na Publicação (CIP)
(Câmara Brasileira do Livro, SP, Brasil)

Lasevicius, Ana
  O pássaro do tempo / texto Ana Lasevicius ; ilustrações Sônia Magalhães. – 1. ed. 1. reimp – Belo Horizonte : Autêntica Editora, 2019.

  ISBN: 978-85-8217-478-4

  1. Literatura infantojuvenil I. Magalhães, Sônia. II. Título.

14-06164   CDD-028.5

Índices para catálogo sistemático:
1. Literatura infantil   028.5
2. Literatura infantojuvenil   028.5

Belo Horizonte
Rua Carlos Turner, 420
Silveira . 31140-520
Belo Horizonte . MG
Tel.: (55 31) 3465 4500

São Paulo
Av. Paulista, 2.073 . Conjunto Nacional
Horsa I . 23º andar . Conj. 2310-2312
Cerqueira César . 01311-940 . São Paulo . SP
Tel.: (55 11) 3034 4468

www.grupoautentica.com.br

Ana Lasevicius

O pássaro do tempo

Ilustrações: Sônia Magalhães

1ª reimpressão

autêntica

*Dedico este livro a essas mães
que embalaram minha infância
com suas vozes amorosas.*

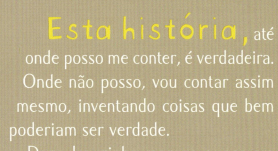

Esta história, até onde posso me conter, é verdadeira. Onde não posso, vou contar assim mesmo, inventando coisas que bem poderiam ser verdade.

Dona Isaurinha morava quase em frente de minha casa. Eram cinco sobrados idênticos, que iam até a esquina colados um no outro. O do meio era o dela.

Eu disse "idênticos", mas não era bem assim. Os dois sobrados da direita e os dois da esquerda tinham as paredes claras, pintadas de azul celeste, com janelas, portas e portões brancos.

A casa de dona Isaurinha tinha a parede toda manchada por uma cor feita pelo tempo, que poderíamos chamar de "cinza-sujinho". A cor das janelas, da porta e do portão, onde a tinta ainda não havia se despregado, era marrom-ferrugem.

Quase todos os dias dona Isaurinha saía muito cedo, antes de todos os moradores da rua acordarem. Ou não. Será que ela não saía?

Mistério... Ninguém nunca viu dona Isaurinha sair, apenas chegar, todos os dias, um pouco antes do anoitecer. Ela sempre carregava um embrulho de papel rosa amarrado com barbante.

Era seca feito o tronco de uma árvore centenária. Seus cabelos pretos pareciam de arame. O rosto amarelo-acinzentado contrastava com o batom vermelho-vivo, que insistia em ficar fora dos lábios já quase inexistentes.

Ser olhada por ela me causava arrepios. Quando estava em casa, ela sempre mantinha aberta a janela de um cômodo no andar de cima do sobrado. Algumas vezes ouvíamos, vindo dessa janela, o som de um piano desafinado, tocando uma música que de tempo em tempo se repetia. Não era uma música conhecida, dessas que ouvimos nas rádios e na TV, ou que podemos ouvir alguém cantarolando. Era muito diferente.

Todas as vezes que a sessão de piano acabava, a última nota da música soava junto com um relógio cuco que ficava pendurado de frente para a porta da rua, no andar de baixo do sobrado. Era

possível vermos o relógio, pois a porta tinha uma janelinha de vidro que também ficava aberta quando dona Isaurinha estava em casa.

Ela nunca recebia visitas, nem visitava ninguém da rua. Cumprimentava a todos com poucas palavras, boa-tarde, boa-noite, e nenhum sorriso.

Ninguém sabia ao certo quando dona Isaurinha tinha chegado à nossa rua. Parecia morar lá desde sempre.

As crianças mais velhas contavam histórias que faziam as menores saírem correndo toda vez que ela dobrava a esquina para entrar na rua.

Uma das coisas que contavam, e que mais me assombrava, é que dona Isaurinha tinha no mínimo trezentos anos de idade, e não envelhecia porque todas as vezes que tocava piano o tempo andava para trás.

Aquela música estranha fazia os ponteiros do relógio andarem no sentido anti-horário, pois era tocada ao contrário, invertida. Quando isso acontecia, o cuco, um passarinho que sai de dentro do relógio a cada hora completa, sugava as crianças desavisadas que passavam pela calçada naquele momento. Por isso é que a janelinha da porta da rua ficava sempre aberta.

Então, o tempo futuro de vida das crianças sugadas era transformado pelo relógio em crédito de horas, dias, meses e anos para dona Isaurinha, que por isso nunca morria nem envelhecia mais do que já tinha envelhecido. Ela se mantinha com a mesma idade, eternamente. Setenta? Setenta e sete? Oitenta? E se fossem mesmo trezentos?

Como podíamos descobrir? Ninguém sabia.

Às vezes eu ficava espiando, pela janela do meu quarto, a janela aberta de dona Isaurinha. O ângulo não era dos melhores, dava para ver enviesado. Eu tinha a impressão de que ela também estava me olhando.

A pouca luz que saía de sua janela parecia mudar de cor. Às vezes estava azulada, às vezes avermelhada, às vezes esverdeada. Podia ser da televisão, mas... e se não fosse? E os vultos e as sombras?

Certo dia, vi minha mãe falando com ela na calçada. Dona Isaurinha anotou algo em um pedaço de papel amarrotado e lhe entregou. Pensei que podia ser alguma palavra de feitiçaria, ou o nome de alguma erva para curar minha avó, que estava muito doente.

Fiquei curiosa. Eu precisava saber sobre o que elas tinham conversado. E se minha mãe tivesse pedido um pouco de tempo para minha avó ficar curada e nunca mais envelhecer? Minha mãe me disse que tinham apenas trocado telefones. Afinal, vizinhas podem precisar da ajuda umas das outras.

Minha mãe anotou o número em sua agenda e jogou o papelzinho no cesto. Dei uma disfarçada e, assim que ela saiu de perto, peguei o papel. Olhei para o número e quase liguei, mas fiquei imaginando quem poderia atender o telefone.

Não havia dúvida: aquela casa era uma nuvem cinza de onde saíam a música, luzes, vultos e sombras estranhas. Tinha um relógio movido a piano que fazia o tempo voltar e um cuco sugador de crianças. Dela ninguém saía, e nela só dona Isaurinha entrava.

Eram muitos mistérios precisando ser preenchidos – com respostas ou com outros mistérios.

Alguém podia morar no sobrado com ela, por que não? E se eu ligasse e uma voz sinistra atendesse o telefone? O que eu diria? "Desculpa, foi engano"? E se a voz sinistra reconhecesse minha voz? Aiaiaiaiiiii...

Eu tremia, segurando o papel amassado entre os dedos. Tirei essa ideia da cabeça e devolvi o papel para o cesto. Fiquei com medo de criar coragem.

Foi exatamente nesse instante que o telefone tocou.

O aparelho se mexia sobre a mesa, como se tivesse vida própria, um estranho ser preso à parede pelo cordão umbilical. Era a nave mãe chamando! A nuvem cinza!

Corri dali. Tropecei em minha mãe, que se jogou sobre a mesa e conseguiu calar o bicho!

— Alô? Oi, dona Isaurinha, sou eu mesma! Sim, a senhora decorou o número certinho. Que memória boa a senhora tem! Melhor do que a minha!

Era ela! Ela sabia que eu quase tinha ligado. Ela podia ler pensamentos! Ver através das paredes... Eu sabia!

Naquela noite, dormi com dificuldade. Fui deitar com medo, deixei minha lanterna acesa debaixo da cama, jogando luz sobre a janela. Desse modo, ela saberia que eu sabia.

Minha casa estava muito barulhenta naquela madrugada. Acordei várias vezes. Sons vinham da cozinha, do quarto de minha mãe, do quarto de minha avó, do corredor. Fosse o que fosse, andava por toda a casa. Cobri a cabeça e não me atrevi a levantar.

Antes mesmo de clarear o dia, minha mãe abriu a porta do meu quarto e pediu para eu me vestir. Vovó estava passando mal. Precisava ir para o pronto-socorro.

– Eu vou junto? – perguntei.

– Não, minha filha, você vai ficar com dona Isaurinha.

– Dona Isaurinha? Mãe, tudo, menos isso! Eu não quero! Por favor!

– Minha filha, é necessário. Você não pode ficar sozinha em casa. Já liguei para ela, está nos aguardando.

Fiquei pronta. Saímos. Beijei minha avó antes dela entrar no carro. Estava muito fraquinha e com dores.

Dezenas de pensamentos atravessaram minha cabeça enquanto eu atravessava a rua de mãos dadas com minha mãe, em direção à nuvem cinza.

Será que minha mãe fez um acordo com dona Isaurinha para salvar a vida de minha avó? Será que o cuco sugador vai sugar todas as minhas horas futuras? Será que minhas horas futuras vão todas para minha avó? Ou elas serão divididas com dona Isaurinha?

Não, minha mãe não faria isso comigo, mas acho que eu faria isso por ela. Então, se eu faria pela minha mãe, ela estava certa em fazer pela mãe dela. Minha avó.

Mas por que eu?! Claro! Eu era filha única!

Minha mãe tocou a campainha. Acenei para minha avó, que nos olhava pela janela do carro, do outro lado da rua. Tive a impressão de ver duas lágrimas deslizando pelo rosto de minha mãe.

Agora eu estava entregue à sorte, ou ao azar...

Dona Isaurinha tentou sorrir para mim, mas, estranhamente, seus lábios não obedeceram por completo. Apenas um dos lados, o esquerdo, se moveu.

– Vamos entrando, precisamos tomar café.

Ao subir os primeiros degraus que davam para a porta, aquela da janelinha, senti um calafrio. Pensei: "Estou mesmo precisando de um café bem quente".

A porta entreaberta foi delicadamente empurrada por dona Isaurinha. Entrei olhando fixamente para o relógio da parede, com medo de que aquele cuco maldito saísse, anunciasse meu fim com seu canto cínico e, em seguida, sugasse minha vida.

Mas não: o cuco não saiu, não cantou, e eu não fui sugada. A sorte estava do meu lado.

Depois cheguei à conclusão de que, se ainda não havia sido sugada, não foi porque a sorte estava do meu lado, e sim porque quem estava do meu lado era dona Isaurinha. Pois, para o cuco sugar alguém, ela precisaria estar no piano tocando a música macabra.

Apesar da sorte, eu não podia esquecer a natureza daquele pássaro, um verdadeiro parasita, que deposita seus ovos nos ninhos de outras espécies. Quando o filhote do cuco nasce, o folgadinho joga para fora do ninho todos os ovos e filhotes da mãe substituta, ficando com a mãe, o ninho e todo o alimento só para si.

Atenta, comecei a observar a casa. Não parecia ter mais ninguém além de nós duas. As luzes eram muito fracas. Algumas

gravuras de paisagens e retratos encardidos de pessoas que não sorriam ocupavam as paredes desbotadas.

Passamos pela sala e fomos para a cozinha. A mesa do café já havia sido preparada, e o embrulho de papel rosa amarrado

com barbante, que sempre víamos dona Isaurinha carregar, estava no centro da mesa.

Dona Isaurinha pegou o pacote, desamarrou o laço do barbante e foi desenrolando o embrulho com muito cuidado. Embaixo do papel rosa havia outro, enrolado, branco, meio transparente, que minha mãe chamava de papel-manteiga. Quando terminou de desenrolar a última camada, dona Isaurinha esboçou outro sorriso e, como sempre, apenas um lado de sua face se moveu. E disse:

– São sonhos feitos pela minha sobrinha.

Sonhos! Ah, eu é que não cairia nessa! Uma doce maneira de fazer alguém apagar!

– Vamos, menina, prove! São deliciosos.

Eu estava com muita fome, e aqueles sonhos... dourados... cheirosos... Quer saber? A fome foi maior do que o medo. Abocanhei o sonho com vontade. Foi um ato arriscado, mas valeu a pena. Foi o sonho mais gostoso que comi em toda a minha vida!

Em seguida, aceitei uma xícara de café com leite. Enquanto isso, dona Isaurinha me contava que os sonhos eram feitos na confeitaria onde ela trabalhava, fazendo doces e servindo café.

Ela estava tentando me deixar à vontade, ganhar minha confiança, mas eu continuava com os ouvidos atentos ao tique-taque do relógio cuco. Quando terminamos de tomar o café, dona Isaurinha disse que gostaria de me mostrar uma coisa muito importante para ela.

Fomos para a sala. E dona Isaurinha se aproximou do cuco. Corri para trás do sofá. Ela não notou que eu havia me escondido. Puxou um dos pêndulos que dava corda no relógio. Virou-se, não me viu.

– Onde você está? Vamos subir, quero que veja o piano do meu avô.

"Ai! Agora é o piano..."

Fiz silêncio absoluto, segurei a respiração, mas fui traída por um gato que surgiu do nada e se enroscou em minha perna. Gritei. O gato pulou, eriçado.

Dona Isaurinha achou graça, riu e chamou o gato pelo nome:

– Segundo, não assuste a menina!

Repare bem nesse nome! Desde quando "Segundo" é nome de gato?

Ela se curvou, pegou Segundo no colo e foi subindo as escadas. Eu é que não ia ficar sozinha na sala, perto daquele relógio, nem mais um segundo. Subi rapidinho atrás dos dois.

A escada terminava em um longo corredor. Mais paredes desbotadas e retratos encardidos e sem sorrisos. Finalmente, entrei no cômodo de onde saíam a estranha música, os vultos e as luzes coloridas.

Caminhei até a janela, que estava aberta. Achei pouco provável que de lá ela conseguisse me ver quando eu observava os vultos e as luzes daquele quarto.

Mas será que ela precisava disso? Dona Isaurinha tinha poderes premonitórios. Não precisava de uma janela, e sim de uma bola de cristal ou de um espelho.

À direita da janela havia uma televisão, e à esquerda reinava, soberano, um enorme espelho de moldura dourada, digno de uma rainha madrasta.

Evitei ser refletida por ele.

Dona Isaurinha colocou Segundo no chão, puxou a banqueta, sentou-se em frente ao piano. E disse:

– Este piano é o bem mais precioso que possuo. Foi de meu avô e depois de meu pai. Por enquanto, é meu. Quando toco, sinto a presença deles. Sabe por quê? A composição que vou tocar para você agora é de meu avô e se chama "O pássaro do tempo".

Pensei em sair correndo. Respirei fundo. Para onde eu iria? Pelo menos, estava longe do relógio...

Dona Isaurinha já estava com as mãos pousadas sobre as teclas do piano, preparando-se. E quando ergueu uma das mãos para tocar o primeiro acorde da melodia sinistra, a campainha tocou.

Ela ficou com a mão parada no ar, como se fosse um pássaro prestes a despencar ao perceber que seu voo havia sido interrompido.

Então suspirou, apoiou as mãos na borda do piano, ergueu-se e foi até a janela ver quem era.

– Olá, sr. Macedo, já vou descer!

Nesse momento, tocou o telefone. Dona Isaurinha atendeu:

– Ah, sim, um minutinho... – disse, deixando o fone fora do gancho, e falou: – Querida, preciso de um favor seu. Vá até a sala, pegue a chave que está sobre a mesinha embaixo do relógio cuco e entregue ao sr. Macedo. É o motorista que vai abrir a doceria para eu poder ficar com você. Enquanto isso, vou atender esta ligação.

Pensei: "Isso é uma armadilha! Chave na mesinha do cuco... sei, sei!".

Ela fez um gesto com a mão, me apressando, e deu novamente aquele sorriso de esquerda. Voltou à janela, pediu para o tal do Macedo aguardar mais um pouco e pegou novamente o telefone.

Aí, ouvi ela falar o nome da minha mãe. A ligação era de minha mãe! Já tinham combinado tudo. Era a hora. Abaixei a cabeça e aceitei minha triste sina de virar comida de passarinho.

Fui descendo a escada, arrasada. A voz de dona Isaurinha foi sumindo junto com os poucos ruídos da casa. A imagem da mão da Senhora Dona das Horas, parada no ar sobre as teclas do piano feito um pássaro congelado, voltou nítida à minha mente.

Pisei no último degrau.

Comecei a contagem regressiva para a retomada do voo daquele pássaro. Perdi o medo de criar coragem, ergui a cabeça, caminhei até o relógio e lá fiquei, totalmente imóvel, esperando pelo primeiro acorde do piano, pela minha hora.

O tempo parecia não passar. Nada acontecia. Música? Cuco? Nada.

Pensei: "Será que ainda estou viva?".

De repente, senti uma mão em meu ombro. Dessa vez eu não pensei, apenas gritei: "Morri!".

— Querida, você esqueceu de entregar a chave para o sr. Macedo? Não tem problema. Eu mesma entrego.

Eu estava viva!

Dona Isaurinha abriu a porta e caminhou até o portão. Havia algo de diferente nela. Alguma coisa parecia ter dado errado... Talvez minha mãe tivesse mudado de ideia.

Ela entregou a chave para o motorista e voltou devagar, pensativa, o olhar triste.

Fechou a porta, passou por mim e se sentou em uma poltrona. Pediu que eu me sentasse à sua frente. Pegou minhas mãos e disse:

– Querida, sua mãe, os médicos... eles fizeram de tudo para que sua avó ficasse bem, para que voltasse para casa, mas não conseguiram. Chegou a hora dela.

– Não! Minha avó... morreu?!

Tudo começou a rodar em torno de nós, as paredes, os quadros, as mesas. Apenas ela e eu estávamos imóveis naquela sala, frente a frente. O rosto de dona Isaurinha e o de minha avó se alternavam.

Fechei os olhos, soltei minhas mãos das dela, afundei na poltrona e perguntei, com a dor mais profunda que já tinha sentido em toda a minha vida:

– Por que deu errado? Por que vocês não fizeram conforme o combinado? Eu fiquei na frente do relógio, esperando. Por que você não tocou a música? Por que o cuco não me engoliu? Por que não deu tempo para minha avó? O meu tempo?! Você podia fazer isso, só você!

Ela esperou que eu terminasse, sentou-se perto de mim e me abraçou. Comecei a chorar um choro que, tinha certeza, nunca ia acabar.

Dona Isaurinha sempre soubera que contavam aquela história sobre ela. O que não sabia é que alguém, um dia, acreditaria da forma como eu acreditei.

Eu chorava, abraçada àquela senhora acolhedora, pensando no quanto eu precisava que a história fosse verdadeira. Eu precisava acreditar que tinha feito alguma coisa pelas duas pessoas que eu mais amava: minha mãe e minha avó.

Alguns meses depois, minha mãe e eu nos mudamos para outra cidade.

Um dia, já adulta, voltei à cidade e àquela rua para encontrar amigos de infância e, principalmente, para saber de dona Isaurinha.

Toquei a campainha do antigo sobrado, que agora estava pintado de azul e parecia bem mais novo do que os outros quatro. As janelas, portas e portões eram brancos.

Uma moça muito jovem espiou pela janelinha aberta, abriu a porta e veio sorridente até o portão. Contei que eu era uma antiga vizinha e que tinha muitas recordações daquela casa e de sua antiga moradora, dona Isaurinha.

Ela me disse que se chamava Renata, que estava morando na casa havia apenas três meses e sabia que aquela casa tinha muitas histórias. Pois, nesse curto tempo em que morava lá, a casa já havia sido visitada por pelo menos cinco ex-vizinhos, que perguntavam sempre pela mesma dona Isaurinha.

Me convidou para entrar e tomar um café na cozinha. Em cima da mesa havia um pacote cor-de-rosa, amarrado com barbante. Ela desamarrou o barbante e foi retirando o papel rosa com muita delicadeza. Depois, um outro papel, branco, um pouco transparente.

Por fim, com o pacote aberto nas mãos, me disse:

– São sonhos, prove!

A autora

Meu pai nasceu na Lituânia, um país repleto de florestas e lendas; minha mãe é brasileira.

Nasci em São Paulo e cresci brincando dentro de uma fábrica de álbuns de fotografias, a Álbuns Imperador, onde ouvi muitas histórias contadas pelos trabalhadores. Acontecimentos do dia a dia, casos de família, romances, aventuras, tragédias, contos de assombração, lendas... Cedo descobri que trabalhar ouvindo histórias é muito bom!

Hoje tenho o privilégio de trabalhar escrevendo e contando histórias.

Quando escrevi minha primeira história, aos nove anos, a professora anotou em vermelho, com letras garrafais, sobre o texto: "Mão de gato". Na época eu não sabia que a professora insinuava com isso que alguém tivesse feito a redação por mim. Sabia apenas que era algo ruim, pois fiquei sem nota: nada, nem um zerinho pra eu imaginar (a imaginação faz milagres!) o 1 na frente...

Com o tempo, entendi que aquilo podia ser um incentivo.

Sempre escrevo ouvindo música. A música me inspira. Ela faz parte da minha vida de um modo muito especial: tenho dois filhos músicos e compositores, o Lenine e a Lígia, além da Júlia, que ama ler e contar histórias. Brincamos muito de rimar.

Este é o meu terceiro livro. Também já escrevi e ilustrei pra revistas infanto-juvenis. Gosto de ensinar o que sei fazer, sou professora na Escola de Escritores (São Paulo), pesquisadora no NPC (Núcleo Pensamento e Criatividade) e escrevo para a coluna "Linguinha" da Revista *Língua Portuguesa*, da Editora Segmento.

Fiz faculdade de Comunicação (Rádio e TV) e sou documentarista. Entre outros trabalhos, produzi dois documentários para a televisão: "Tá na Roda" (2008) e "Homem-Carro" (2009).

Dona Isaurinha realmente existiu. E eu tinha pavor de relógio cuco. Juntei as duas coisas e o resultado está aí.

Tenho outras histórias pra contar sobre outros vizinhos misteriosos. Uns do passado, outros do presente.

Agora mesmo observo, da janela da minha sala, o homem de roupa negra puída, com as mãos enroladas em trapos, revirando caixas de papelão na calçada da casa da frente. Opa! – mas esse já é outro livro!

A ilustradora

Nasci em Araçatuba-SP e vivo atualmente na cidade de São Paulo.

Sou fascinada por tesouras desde criança e, quando me dei conta, estava recortando e colando papéis profissionalmente, pois faço minhas ilustrações utilizando a colagem: manual ou digital.

Nessa técnica, posso trabalhar com várias possibilidades, utilizando papéis rasgados, resíduos impressos, tecidos, selos, carimbos, imagens antigas, etc.

Para cada livro que faço, busco encontrar os recursos visuais que vão interagir com a história, complementá-la e ampliar seu universo. Para *O pássaro do tempo*, procurei criar um clima misterioso por meio das cores, imagens e formas que fui escolhendo para atravessar esta história, que tem a fantasia como tema.

Além de fazer ilustrações, sou professora e artista plástica.

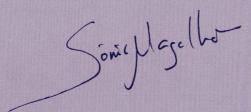

Este livro foi composto com tipografia Caramella
e impresso em papel Off Set 120g na Formato Artes Gráficas.